惡意的郵差

王志元

張弓

我知道，冬夜裡的長燈
會是獵手最後的歸處
疲倦的獵手

白日太過清晰
而黑又令人恐懼
一個影子只能比喻一個事實

燈到不了的地方
有沒受過傷的蹄
摩擦著稀疏的乾草

箭到不了的地方
有緊繃的花苞
等著春天

醒來總是帶著恐嚇意味
像對空張弓
要活著的逃開

目次

我也想祝你幸福、快樂

我對生活一無所知

煙花

也許是幅拼圖
透過洞去看
造物者追著自己的尾巴

傷害者不能道歉
錯誤是條湍急的河道
得讓受孕的魚群回鄉

今晚讓他砸碎所有家具
離開的時候
就沒人發現你帶走一片碎片

愛恨不算
心裡的鼠群啊
點燃牠們的引信
夜空無聲的煙花

焚風

她踩中了磁磚上的玻璃
他沒看見衣領黃漬上的洞
是良率外的一天

讓罪行颳起焚風
遊行的人們憤慨地躲進冷氣房
像飲料罐上密密麻麻的水珠

也許這輩子就想著
如何不當第一個滑下來的
看他的指甲，掐著帆布包
裡頭裝著能開鎖的刀

我很久不搭捷運了
騎車和活著都像一發子彈
要人不停地轉

續

至今仍能感覺你凝視著我
像大地盡頭絕望的弧形
或者被照去半邊陰影的闇藍球體

齒輪磨損的機車定義街的長度
捷運從右耳直達左耳
腦中那些拉著吊環的人
和我一樣，習慣了窗外掠過的黑色

深夜頻道：
一頭走失的幼象幾年後被野放
重新回到水源地和大家一同飲水
剪接的畫面
只間隔幾分之幾秒

政論節目的來賓
再一次攻擊彼此
而我在他們之間
是燈亮時我沒發現到的

你要我完成的事
幾乎都沒做到
卻讓我更接近了你

我只是在擦拭一面鏡子
父親

當我躺下來的時候

1

當我躺下來的時候
裂縫已經在那裡
人們從裡頭走出來
在房間裡尋找鑰匙

水湧進來的時候
我還繼續躺著
人們並不呼救
一張張陌生的臉
蓋過我的眼睛

2

當我躺下來的時候
裂縫已經在那裡
我看著它，漆黑的瞳孔
像在更背面的地方
有人拿槍對準它的後腦
當我閉上眼睛
裂縫還在不在那裡？
槍手拉動滑套
逼問我這個問題

3

當我躺下來的時候
外頭有人正在挖洞
是鳥的屍體指認氣候
是無助的信仰開了一扇門後
又關上一扇門

罪行的風暴被照亮
有如打開冰箱看見鏡子
掌權的怪手拆掉幾堵透明牆
在砂礫與鏡頭以外
誰邊哭邊傳遞食物

眞理，這不懈的郵差
我出門慢跑
用孤獨淸空街道

4

當我躺下來的時候
裂縫已經在那裡
走失的人們彼此不再探問
像一把槍成爲過期的證物
我不該再去想像
是否有人親手替愛人的眼睛蒙上布條
或者靜止的風箏一樣凝望天際

當我閉上眼睛，只聽見那些老舊的答案
迴避每個求救的問題
我不該再去過問
某戶人家流理槽裡潔亮的餐盤
或者街巷暗處點燃又熄滅的火種
生存是一種法則但沉默不是
明天是一種選擇但後悔不是
當我躺下
像用長跑離開家門的人
終於找到一個洞埋好鑰匙
裂縫就在哪裡
我不該再睜開眼睛

結痂

也許是無奈吧
放縱一群猴子在腦裡潑灑顏料
我沒有牠們的食物
不懂長滿詞彙的雨林

像酒鬼欣喜於嘴裡吐出的成就
在一些描繪愛的髒話中
偶爾我也感到解放
但也許是無奈。漆黑的戲院
總能聽到尖銳的細語

有時人們的笑容令人感到氣餒
當我試圖起身，遇見博愛座的魔鬼
在座位上伸出毛茸茸的腿
是無奈吧。拔光愛人床上的菌絲後
還是要打電話向公司通報行程

凌晨頭條準時運來熱絡的屍體
不能坦白的憂愁在冰箱裡等待過期
幾個趕羊的黑衣人穿過燠熱的市集
來到夢中向我兜售明日的祝福

也許是無奈
放縱一個人種植他斑斕的幻想
或對眼盲的神像告解
長滿虱子的藉口：

今日照例沒有長出適宜飛翔的翅膀
持續發癢的背
依舊無法結痂

出來

一顆牙還繼續地疼
顯然腹地的戰爭已經敗退
是這樣嗎，危機
又讓我們更緊密了一些？

來不及計算的愛情啊
像看人猿倒走
直到有誰握住牠的陰莖

不過是在洞穴裡過了一晚
別把影子喝光
醒著說什麼醉話

那才是我的目的
神背對著我們鑽木取火
傳FB問祂：「出來就算愛了嗎？」

對幹

總有激情的時候
爲了更接近道德
拿肉體去被拷打
換精神強暴夥伴

警察在清晨的橋上
說吹了才能通過
感覺不妥，但想起
曾與他在深夜裡對幹
竟然也好受了一些

又是新的一天，朋友
你們拿著火把進去
什麼時候出來和溼答答的我們
說說找到了什麼？

不說

付錢讓我躺著也行
有陌生的聲音
讓我繼續，也行
打樁機從窗外
把我往死裡釘，也行
有男人的雞巴
刺進我手掌，也行
有女人的屄
要做什麼，都行

讓我翻過來，豎直我
每根骨刺如高樓，也行

衝擊我如海浪
讓我吐出更多未消化的食物，也行
刺痛我耳朵彷彿
撞響如露如電的標題
蒙住我雙眼
彷彿一念連接恆河沙數的SNG
讓我翻過去
威脅我寫下遺書以供
後人解密，也行
要我用各種語言
喊你的名，也行

讓我繼續躺著直到
宣稱與自己和解也行
讓我繼續翻身直到
我們達成共識也行
說愛你
說我痛過了
讓你進來也行
把你推出去也行

但你非得問到了沒有
你安靜點不行？

我對生活一無所知

我對生活一無所知
在沙堆袒露它的心之前
不知道屍體如何被拆解
餵養每一個縫隙

我從這頭走進去
並不知道會從哪裡出來
一次性的問候
像被神攔截的郵件
我看著你的眼睛
說：「查無此人。」

我們總是以觸鬚相碰
卻別過頭不看
讓那些真誠的謊言
在汙泥裡長根
生活只是條洗了就鬆的內褲
不在胯下的時候
它就晾在你和我
互不認識的草地

不寫信的日子
我就不太願意相信自己了

出門把食物搬回家內
開電視看殺人犯
寂寞地拖著血痕

你說：「查無此人。」
把眼珠從我這搬回去
我對生活一無所知

獅子

1

我找到了一種安全的人際法則
把自己關起來
從柵欄裡揮動鞭子
驅趕人們帶我遊街

2

把獅子藏進衣櫃裡
在衣櫃外上網、工作
排定時程，與人做愛

當她問我何時才會撕開她的腹部時
我醒了過來
獅子不在那裡
那裡是一片沼澤

3

和別人說話的時候
總是聽見風聲
先是緩慢地
接著加速起來

別人看我皺眉
以爲我發怒

我解釋不清
什麼在追著我

4
你在圈外
我在圈外

5
跳進沼澤裡就安全了
岸上的傢伙
正憤恨地抹去爪上的泥土

我邊想著邊下沉
游過河馬的骨骸
游過羚羊的骨骸
接著你猜猜

我見著了你的

6
我找到了一種安全的人際法則
我說：「有風聲。」

7

於是此刻我得繼續進行表演
鞭子畫破空氣的聲響
讓人們專注在空圈子裡

但獅子的吼聲
又讓他們望向黑暗

河

如何測量夜的長度
是時間教會我的唯一件事

想起每次站在門外
猶豫像冰涼的水草爬上腳踝

忍著眼淚穿過眾人的苛求
想著明天也許有放過自己的機會

像是遲到的淘金人
不為晚霞困惑，不懼星光

化石

在用腔調定調身世的時代
選擇下潛
成爲千百年後的化石

有如盲人的直覺
用黑暗躲避迴音
與發聲之人

從不同的材質看火
是癲狂的群衆
是純潔的祭品
是繞過塵世的小徑

拂去灰燼
用時間把肋骨交棒給
言說裡浮起的倖存者

同溫層

爲了養鬥魚／我訂做了一個特殊
的魚缸／把一個大缸分成幾小格
／讓公鬥魚們看不見彼此／在魚
缸背面留一條相通的水道／放加
熱棒讓每一格水溫相同／才不會
因爲氣溫變化而猝死／鬥魚們不
知道隔壁的夥伴與敵人／感覺威
脅的時候／牠們會展鰭嚇唬虛空
／我超愛這樣的景象／朋友問我
幹嘛這樣／我說你不懂／這才是
眞正的／同溫層

吹哨

那一路產卵的明星，走到聚光燈下
再次因生殖而鼓動激情

我放下標語，從困惑邁入中年
從旁觀行使緘默權

生活的危機在生活的框架中
窗外的樹屋有一把鑰匙、槍，和回家作業

而發球手正蓄勢待發
我們急於找到正確的一面

我用安靜
暗示吹哨的人

命令

今天我們頒布一道命令
要他大聲唱歌
但不許跳舞
要他穿鮮艷的衣服
但花色必須整齊
要他為愛付出
不可在半夜緊急停擺
要他繼續前進
繞過前方的障礙

今天我們頒布一道命令
要他無聲砌好一堵牆

要他成爲衆矢之的
要他活在每個人心中
成爲眼中釘
要他想想未來
要他瞻前顧後
要他匐匍前進
繞過前方的障礙

今天我們頒布一道命令
要他站在坍塌的房屋中央
成爲孤獨的棟樑
要他養家活口

不許回撥任何陌生來電
要他恨得其所
要他明白工程造價
要他站在房屋中央
成爲我們最大的阻礙

今天我們頒布一道命令
要他盡力呼吸
要他明白盡人事聽天命
要他孤單地跑
要他在看得到的地方
喝適量的水

要他睡在陳舊的夾縫之中
抱著剛清好
不准上膛的槍

路徑

我在父親的氣根下閱讀
在迷宮裡逃亡
爲了自由

爲了自由走入某些人的潛台詞
像屋內的狗嚇阻警車
像走遠的郵差往後的人生

大師虛構每個日子
讓小人物去翻
一顆星星積極地想亮

從鐵軌上的薄暮看
每扇亮起的窗
都如此殘忍，讓人想起幸福

走位

不過是個欠缺動機的舞台
人們排隊領取台詞
在幕後日復一日背誦

誰立意良善，誰就能
獲得掌聲。那喜劇演員不發一語
用白紙取代表情

於是我對齊昨日
依循著走位
和人們理直氣壯地擦肩而過

每個不懂自己的人開口
身後就冒出一陣訕笑
無臉的人啊告訴我
上帝要你說的究竟是什麼？

複眼

大樓清洗窗戶的那天
我從廚房巡視到客廳
發現自己終於沒什麼可賣

那些疲於補洞的日子
只寄給我一箱待退的信
收件人全用翅膀做爲代號

沒入網的慾念唧來漿果
我將它打成果醬
點綴在十二個刻度上

如此沉默的我的餘生
會不會成爲你一瞬的永恆
像針與水滴
像結晶之蜜

我也想祝你幸福、快樂

句子

1

寫一個句子
用來分隔
我，和昨天的
我

2

寫一個句子
寫好了，拿刀把字割開
排成他想要的樣子

割我的話
只會流血

3

寫一個句子
讓他站在我前面
去走沒走過的路
愛想愛的人

我忌妒
忌妒能讓我更淡一些

4

割我的話
只會流血
很多個我站在床前
從深夜排隊到白天
他們的要求
有些太難
有些不該再提才好

割我的話
不該讓我開口

5

寫一個句子
像完成了答應過的事

像我終能
穿過轟然而過的列車
去問你
我未曾得知的

6

寫一個句子

當我想起你曾是眞實的

出海口

我懷念那醒在出海口的日子
所有堅硬的都被腐蝕
牢固的皆輕輕晃動

但不爲了我。我沒有選擇
傍晚時，我愛看無能的我
和牆上的水痕疊在一塊

我知道還能不顧一切地愛上或恨著
就通通說了
沒想過往後

也是因爲這樣，我無動於衷
什麼都不說出口的人
曾輕輕地搖著我出海口的窗

命運把火把丟得老遠
我們在沙上追
幾年後你說忘了這事
我才知道它落在哪了

早了

用暮年升起火焰
如果風去吹
再沒不滅的藉口

遲到的人必然知曉
眞理即磨難
煙升起就該回頭

可是爲什麼我的餐盤裡
有灰，像某種神啓
用叉子刻字
讓所有愛人對我尖叫

把蓮蓬頭舉起
但不開水
還有什麼比此時更沉默

照亮

無法預測的時刻
像吃素的廚師
再次打磨刀具

被挖空的人們啊
鍾愛宴會與敲杯
酒精爲下腹添火

從未見過的女主人
蒙面走下旋梯
死亡再次照亮整個廳堂

而她無法預測
嘴裡的螢火蟲
竟短暫地發現
你漆黑淩亂的內臟

相遇是一次緊急剎車
命數是有雨
無人過路的大街

模樣

曾經有人望向你
冷靜又炙熱，像革命失敗的清晨
不比一張舊床墊還欲求更多

隨年歲增長
更懂道德的徒勞
關係像一則散播成功的陰謀論
總能替權力找到理由

在礦工的日誌裡找到死亡的根
你努力挖掘
用汗與對愛的誤解灌溉

讓祂長成絕情的模樣
焚燒年少青春
向一群知秋的雁告別

潮

1

有時候我能見到月球暗部
無數坑洞其中一個
你正在裡頭躺臥
如一尾拔掉毒牙的蛇
失去求生意志地緩緩
伸張手指、四肢

我背後襲來的海浪
痛是被捲走的沙

2

我無法說得更明白的是
爲什麼那些日子我希望
月光可以是把刀
當它照在你背部
隨呼吸起伏
疾駛而過的救護車
紅燈畫了一道

那時我知道鱗片正在剝落

3

沙裡有什麼正在嚙咬我的腳趾

4

在浴室，你開心地拿起蓮蓬頭噴我
水沿著我的頭臉，我的胸部、腰腹
小腿、腳趾
流進排水孔裡
我反擊，看水柱沖你激起水花
看你不想求饒
看你詫異，看你憤怒

你不是沙做的

5

我蹲在浴缸裡
想著今夜月將轉向另一面

有什麼在落
有什麼在漲

走索人

理性對牆擊球
界線模糊而接近真理
目光渙散的群體
是行刑日的規則

虛空中方塊堆疊
構築昨日的歧義性
岔路賦予失敗者膽量
柴無火不樂

是我，或命
下令腳與路交換主場

尊嚴，一條高空鋼索
尖叫反轉
眾人的墜落

烏雲

我想念稱不上晴朗的日子
雲在忍耐
眾人不安地猜測

打開水龍頭
看水旋轉、翻滾
最後固定成
杯子的形狀

我猜想，這麼短
一段時間裡
人們會議論

愛在發生。從反面來說
不愛也正在發生
在相互推擠的論證外
仍有人被殺害
活了一陣子
又去殺死另一個人
而杯子裡有氣泡
看過氣泡的人都知道
什麼叫扭曲了模樣

於是手機推播來了
午後陣雨將如期落下

街上的人都準備好
抬頭張大嘴巴

但我只懂在屋裡撐開傘
想念稱不上晴朗的日子
以及那些
還在忍耐著的

暗號

在偉大復活的第一日
騎摩托車離去
離別總是濃霧的高潮

朝窗外拋掉家庭
恰好擊中少年的陰鬱
只好用餘生記住他的咆哮

轉彎處迎來宇宙將老的訊息
一束光的挑釁
比一個山洞的質問還要絕望

向路人舉手問好
臆測他在我倒下後翻開行事曆
會替今天編下怎樣的暗號

砲彈

再一次人們舉旗
圍堵墓碑
譴責背德的屍體

如今我們已超英趕美
線性進程下的罪惡
怎能成爲推進器的組件

抹去老兵們的
故鄉與飲食習慣
送進無菌艙室
成爲典禮上展示的砲彈

正義有如忠誠的司儀
不向比今天更遠的日子請示
爲何從五喊到一

銀針

一路歌頌蜂群的價值
在陌生港口脫隊
混進酒館繁複的口音裡

搖晃著淚水與苦楚
因爲夜透明的殘酷屬性
誰都能用玻璃杯砸中靶心一次

就那麼一次超凡入聖的時機
讓人拿誠實做藉口
衣不蔽體的魔鬼
都有了聖潔的可能

從禮拜日的派對中溜走
路口拄著銀針的踽行老者
用單調節奏，敲開天堂大門

跳躍

不要問他的心
去計算他淋浴花多久時間
想像那終究會讓
水流盡的孔洞——

我曾在你的房間裡
坐那麼久，想寫
卻寫不出一個字
走出來見到走廊盡頭有燈
又感到害怕

對此，我總聳肩說：「沒辦法
世事無常……」
你在我身後吹乾頭髮
把書擺好、揀去盆栽的落葉
探頭望向窗外，一次又一次
指著星光：「不能問？」

在我的房間裡
沿著弧線上方
畫下幾個圓圈
去計算鐘擺滴答的聲響

想像拔出了你，或者我
會不會全部漏光
沒辦法，字不在
宇宙當中
世事是一次
無法預測的跳躍
看他坐在那裡
蒼白的手指

就把燈關了
不要問他的心

冰與火之歌：
權力遊戲
——S08E03

——給婚姻

等了那麼久
兩個人就爲了看在這
最暗的場景裡
有誰死去

被愛的人喊：「啊啊
啊啊啊！」
不被愛的人也
同樣喊：「啊啊啊啊啊！」

有時火光一閃而過
死者全湧了上來
沒有誰能
一直救著誰

最後，在Bran Stark（
他總是翻著白眼，
知道過去，但
不知道未來）面前
Arya Stark一刀刺死了
Night King

「是小女孩拯救了世界！」

「你知不知道
在這之前，她
變了多
少張
臉？」

・註：去看HBO影集《冰與火之歌：權力遊戲》

濃煙

一日又終結在相同的晚安曲中
死亡從漠然的床上
照編號摘除大兵們的夢

掌旗人從群衆背上刮起浮油
沒有飢餓的叛逃者能躲過
時代前進時揚起的塵暴

在每次密碼戰爭論
洩漏一隊人
一個人
還是熟睡的家庭

我決定讓你帶信先走
朝進攻隘口的月
施放比愛更毒的濃煙

今日

我也想祝你
幸福、快樂

有人能輕撫你眉間
抹去那些怨懟

一首詩能描繪的時間
很短，但還是長過
偶然刷新的
臉書動態

這樣就可以了
別再回顧今日

我也想祝你
幸福、快樂

像接住最後一滴雨的水坑
像暫停的公車，有霧的臉

存下

書並不能告訴我我不知道的事情，因為如果我的生命裡沒有，我不可能因為書而知道。——顧城

如今，活著不再是
複雜的事
從白日到夜晚
工人把迎風的果實
丟進機器裡榨汁
留下爛爛的皮與肉

那是我嘴裡存下的一點酸苦
絕望是遠遠地看著
一條路，通往深藍的濱海小鎮

寫詩的人
活在五月

雨下大的時候
把人割成許多份

我看你們是一串一串
你們看我只是一段一段

指縫

用十年的時間換一場無害風暴
用海面換漂流的信

用信換筆跡的誤差
用誤差換一次犯罪時機

用時機換來分離
用分離換整個房間的鏡子

用鏡子換歷史的回聲
用回聲換搖曳火光

用火光換暗號
用暗號擺脫人世的追殺

用追殺換銀幣
用銀幣換胸口的起伏

用起伏換善意的問候
用問候換安全距離

用距離換精簡
用精簡換整個宇宙的沉默

用沉默換牽手
用牽手換一群背影、吶喊
以及逆光的失敗
用失敗換來了你。你像海邊最後一棟房子
像十月指縫的日光

你好

是祕密造就了一生
像飄進泳池的落葉
車庫裡封好的紙箱

用慢跑逃避問候
離開就是理由
對身體或大家都好

我是這樣想的
死，不算輸也不算贏
太空人切斷了纜線
說不好目的地在哪

花一輩子住在信箱裡
郵差的惡意像滿月
讓大家伸出頭來看

水草

總有一天你將全然地遺忘我
像一株水草安心長起了根
你會牢牢抓住生命中
所有可能讓你悲傷的事
確認一切不會更好
而那意味著沒有人
將從你身邊離去
在被你喚醒的清晨
我禁不住這麼想
為什麼這麼想念他們呢
你又再喊我一次，才想起
是因為忘了

才能安心與你相遇
我抱著你，站在十三樓的窗前
不斷向你撒謊：「我在啊！」
有天當我遺忘了自己
自己在哪
我想我會記得這個數字
和這片矇矇亮起的光
帶走你說話的方式
和你抓緊我又放開的力道
回答每個問我
「好嗎？」的人

那時請你別再叫醒我
我只是累了
決定從這一刻開始
慢慢長根

給念念

念念，你還那麼
小。我在你眼中
是毛毛的鬍子
是有鬚鬚的大腿
或者粗粗沙沙的肩

爲了你餓，我們把
東西先切得小小的
再磨成細細的泥
跟你說：「嗯啊！」
你就會張開嘴

往後你大一點，會有人
告訴你，那是青菜
是肉，是米飯——
萬物都有它們的名字
等小小的東西
組成了大大
的什麼

你也會的。念念
變成一個大大的，我們
尚未可知的

可是請你要記得
其中都有小小的
那些嗯啊

一但你知道這件事
便知世界無非如此
有人跟你說：「這是……」
你就拿小小的嗯啊
去告訴他們
像你今日做的：
在我驚慌的臉上

抹上一滴不算黃
也不算綠的淚

而念念，這也是
我一直
想說，卻仍
不斷得這樣
說的

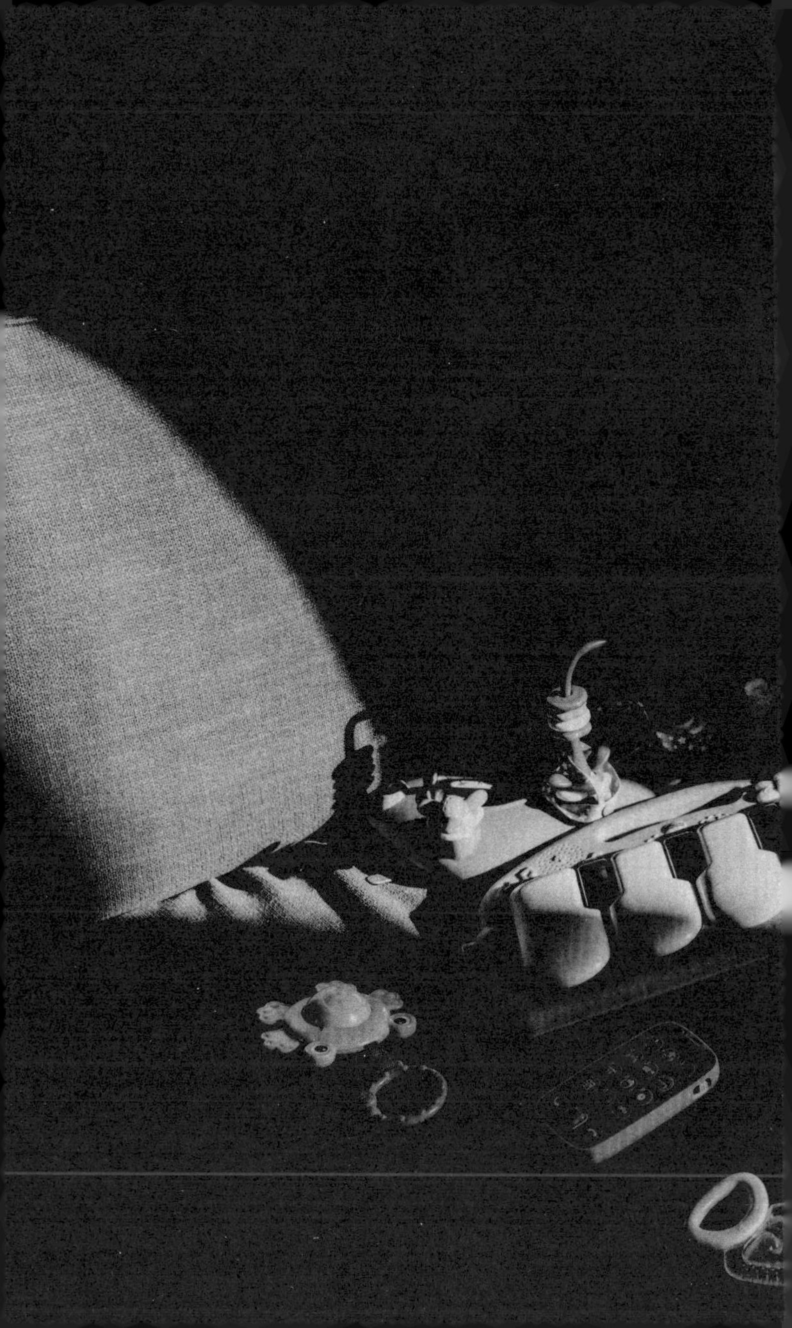

言寺
66

惡意的郵差

作者　王志元
總編輯　陳夏民
編輯　郭正偉
美術設計　蘇伊涵
攝影　王志元

出版　逗點文創結社
330 桃園市中央街 11 巷 4-1 號
www.commabooks.com.tw
電話：03-3359366 ｜ 傳真：03-3359303

總經銷　知己圖書股份有限公司
台北公司：106 台北市大安區辛亥路一段 30 號 9 樓
電話：02-23672044 ｜ 傳真：02-23635741
台中公司：407 台中市工業區 30 路 1 號
電話：04-23595819 ｜ 傳真：04-23595493

印刷　通南彩色印刷有限公司
ISBN　978-986-98170-1-1
定價　350NTD
初版一刷 2019 年 12 月

國家圖書館出版品預行編目（CIP）資料

惡意的郵差／王志元著．-- 初版．-- 桃園市：
逗點文創結社，2019.12
128 面；11.5×17.5 公分．--（言寺；66）
ISBN 978-986-98170-1-1（平裝）

863.51　　108019376